우리 시대 현대시조 100인선 79

슬픔도 꽃이 되어 저 환한 햇빛 속에

이 복 현

태학사

우리 시대 현대시조 100인선 79

슬픔도 꽃이 되어 저 환한 햇빛 속에

초판 인쇄 2000년 8월 25일 • 초판 발행 2000년 8월 30일 • 지은이
이복현 • 펴낸이 지현구 • 펴낸곳 태학사 • 주소 서울시 서초구 서초
2동 1357-42 • 전화 (02) 584-1740 (代) • 팩스 (02) 584-1730 • e-mail
thaehak4@chollian.net • home page www.thaehak4.com • 등록 제22-
1455호

ISBN 89-7626-559-9 04810 • ISBN 89-7626-507-6 (세트)

ⓒ 이복현, 2000
값 5,000 원

☞ 저자와 협의하에 인지를 생략합니다.
☞ 파본은 구입한 곳이나 본사에서 바꾸어 드립니다.

이 시집은 대산문화재단의 문학인창작지원금을 받아 제작하였음.

정진규 시인과 함께

시조시인들과 함께 (왼쪽부터 이지엽, 이우걸, 유재영, 송선영, 이복현, 김복근)

정현기(평론가), 오세영(시인), 김재홍(평론가) 교수와 함께

시인들과 함께 (왼쪽부터 민영, 박희진, 나태주, 이복현)

차례

제5부 그리운 폐원(廢院)

제1부 기억의 숲

빛이 있는 곳으로

동트는 강가에서 밝은 세상을 꿈꾸면
한 세기의 어둠을 몰고 물 건너는 바람소리
마침내
하늘문 열리고
큰 빛 하나 내려온다

강나루 빈 배 위로 쏟아지는 아침 햇살
매인 마음 어느새 닻줄을 풀어 싣고
또 다시 천년을 향해
돛을 높이 올린다

삶의 꽃

눈물도 한 송이 꽃이라면 꽃이지
흐린 세상을 맑히는
빈 하늘을 적시는,
깨끗한
꽃받침 위에
영롱함을 눈 띄운,

겨울밤에 홀로

나는
노래하리
눈 내리는 그믐밤을,
낙엽을 밟고 오는 나비의 발자국을,
누구도 들어보지 못한
사랑의 속삭임을,

걸으리
밤의 눈동자를 추억하며,
어둠에 수놓인 은빛 꿈을 보듬고
헐벗은 나무둥치에
물오르는 소릴
들으리

나는
얼어 죽으리
못다 핀 꽃들과 함께

온몸의 수분이 증발할 때까지
목마른 수수깡처럼
욕망을 비워 내리

동지(冬至)

빈 몸으로 이사 가는 기러기 먼 하늘 길
들꽃 같은 낮달 하나 가슴으로 밀려온다
이제는
눈물도 지운
울음의 골짜기

서리 내린 비탈엔 맨발의 굴참나무
시린 발가락을 붙들고
얼어 죽은 풀벌레들
못다 한 노래를 풀어
저리 붉은 강인가

기억의 숲

1. 그늘
그림자를 먹고 자란 독버섯 한 송이
상처 아문 자리마다 윤이 나는 흉터
내 마음 깊은 곳에서
꽃을 피워 웃고 있다

2. 관솔
살 패인 뼈마디에 흰피톨이 굳어 있다
옹이진 자리마다 고통의 꽃 붉게 폈다
뭉쳐진 체액을 살라
어둔 세상 빛이 되려

한 그루 나무 되어

곧은 줄기 성근 가지
나도 한 그루 나무 되어
마지막 한 꺼풀 속옷마저 벗고
맨몸에 빈손 들고서 산비탈에 섰거니

어둠은 곤한 숲을 잠재우려 하지만
바람결에 깨어난 저 벌레 울음소리
길 잃은
새 한 마리가
빈 가슴을 파고든다

밤하늘

불혹의 강을 건너 지천명을 향해 가는
깊고 푸른 바다에 빈 배 한 척 출렁인다
격랑의 파도를 넘어
꿈을 향해 돛을 편다

하얀 모시적삼 곱게 땋은 낭자머리
누이는 풀밭에 앉아 벌레들을 깨우고
애기별 푸른 눈동자
소매 끝에 달린다

채광(採鑛)

광부는 오늘도 욕망을 캐기 위해
바닥 모를 갱 속으로 더듬어 내려간다
죽음과 맞서 싸우며
꿈을 찾아 들어간다

갱 속 같은 삶의 바닥도
쉬임 없이 찍어내면
어느 날 환하게 솟구칠
그 무엇 있으리라
금광맥
은광맥같이
눈 시리게 빛나는,

선물

내가
내가 너에게
무엇인가 좋은 것 한 가지를
주고 싶고 또한
줄 수 있다면
영롱한,
물푸레 푸른
눈물 같은 슬픔을 주리

천년 가도 녹슬지 않는
별과 같은 사랑을
가슴에 브로치로 달아 주고 싶어
영원히 꺼지지 않을
네 혼 속의 등불로,

겨울 대룡리*

살얼음 진 논둑길 밟아 동구에 접어드니
헐벗은 느티는 찬 하늘에 가로눕고
손 시린
새들이 모여
비탈에서 울고 있다

푸른 바탕 엷은 결에
수놓인 까치밥 하나
절망 끝을 물고 있는 선홍빛 눈망울이
성애진
가슴을 녹여
눈물로 어룽진다

산노을 곱게 배인 초가지붕 너머로
삭풍을 지고 가는 구름길 멀고먼데
입김을 뿜어 올리는
저녁굴뚝이
따습다

자작나무 숲을 깨워 밤을 지샌 별들 허며
풀벌레 노래를 품고 잠이 든 어둠 속
대룡리 겨울하늘은
풀밭처럼 포근하다

* '대룡리'는 전남 순천시 별량면의 작은 산골임

일몰

바다가 흐느끼며 불 속으로 빠져 든다
몸부림을 칠 때마다 붉은 비늘이 쏟아지고
빛나는 지느러미가
수평선을 휘감는다

하늘도 바다도 뒤척이는 불길 속
선홍빛 심장 하나 파도에 젖는다
점화된
청춘을 사르고
스러지는 저 불꽃

한밤중의 비

내 안에 성을 짓고
갇혀 울던 첫사랑
반평생 어둠을 열고
그리움에 눈을 뜬다
영롱한 슬픔에 젖어
푸른 밤이 깨어난다

못다 한 말들이
토란잎에 모이는 밤
오랜 세월 맺힌 설움이
낙수져 흩어진다
아슬한 기억의 협곡을
굽이쳐 흘러간다

겨울 장미

한 소녀가 뜰에 서서 함박눈을 맞고 있다
달아오른 홍안이 아미를 숙일 적에
어쩌나, 이를 어쩌나
뚝! 한 잎 지고 마네

눈밭을 적시는 뜨거운 핏방울
옥양목에 수놓인 초경자국을 본다
깨끗한
영혼에 바친
순결의 한 증표를,

난지도에서

쓰레기더미에서 소나무가 자란다
인간이 쏟아놓은 오물더미 위에서
이름 모를 풀들이 꽃을 피워낸다

흙무덤 위로 삐져나온 검은 비닐조각들이
정적을 다스리며 펄럭이는 하오
그 위로
흰 나비 한 마리
춤을 추며 날아든다

인간이 버린 땅에 맑은 뿌릴 뻗는 나무
인간이 더럽힌 흙에 입맞추는 풀꽃 나비
하늘도 거울 같아서
숨을 곳이 없다

제2부 마음의 등불

비자나무에 걸어 두고 온 노래

우거진 숲 사이로 이슬길 밟아 갈 때
백양사 쌍계류 귀를 트는 물소리
때묻은 영혼을 씻어
천길 벼랑에 던진다

산산이 깨어져 울던 그 날의 목소리
비자나무 가지마다 나부끼던 노래
봄이면
응혈진 핏줄을 뚫어
푸른 꿈을 피우리라

벌레집

가을이 채 가기 전
떨어질 잎들 위에
내일을 설계하며
집을 짓는 벌레들
다가올
추락 위에도
꿈기둥을 세운다

땀과 믿음이 허사가 된다 해도
바람에 끌려가다 시련 끝에 닿을 봄
거기서
다시 태어날
운명의 순응자로,

내 생의 어느 한 쪽을

가슴 깊은 곳에 밝혀 둔 촛불 하나
창호지 문살마다 환하게 젖어 든다
타다가
지친 자리가
어룽지는 눈물로

내 생의 어느 한 쪽을
그대 위해 남길까

이 한 몸 다 녹여서
어둠을 씻어 내면
목숨의
하얀 뿌리를
만져 볼 수 있을까

아파트 창을 열면

지나가던 조각달이 베란다를 넘어 들고
어린 별이 내려와 무릎을 베고 눕네
그윽한 눈동자 속에
흰 들꽃이 피는 밤

풍금 앞에서

어린 딸아이가 사계(四季)를 짚어 온다
초등학교 교실에 놓인
풍금 앞에 머물던
유년의
푸른 바람이
빈 가슴을 어룬다

한때는 낮은 음계로 푸른 들을 불었다
저기압 전선에 닿은
바람 같은 내 운명이
손끝에
몸 세워 떨며
파르라니 울었다

건반 한 번 못 만지고 다 지나간 음악교실
고향의 봄 연주하던
여 선생님 고운 손톱
봉선화

꽃물에 젖은
풍금소리 들려 온다

화장기 짙은 여인에 대하여

그립다 건초 냄새가, 그 하오의 햇살 속
인공의 향기로 숲은 설레지 않아
풀 냄새 풀풀 날리는 그런 사람 없을까

백합의 골짜기에 황토내음 같은
그런 여인이면 좋겠다
몹시 사랑스럽겠다
이슬로 얼굴을 씻고 햇살로 분 바른,

구르는 돌

—객지생활

이제는 닳고닳아 살 깎여도 안 아픈 걸
물살 빠른 냇굽이에 박혀 살던 어제는
그래도
윤이 나는 빛
어우러져 고왔었다

낮으론 공사장 쇳소리에 귀 멀고
갖은 오욕 다 겪으며 채이고 구르다가
밤이면
고향 그리워
별빛 속에 잠든다.

물수제비

게으른 아침나절 해 한참 솟은 다음
금물살 강가에 나가 물수제빌 뜬다
물 위를 내딛는 돌멩이
몸부심이 곱다

목숨도 가벼이 물 위를 걸을 수 있었으면
고요한 세상 위로 빛 부시게 내달릴 수 있었으면
어둠의 너울을 벗겨 한줄기 빛을 뿜는,

석류

돌담에 기대서서 저녁을 맞는 아낙

꿈꾸듯 살아온 날
잃은 길을 더듬어

그늘진
눈동자 깊이
꽃노을이 고인다

열릴 듯이 입 다문 황금비단 주머니
가을 내내 거둬 담은 빛
끈 풀리는 날이면
홍보석
찬란한 꿈이
우두두두 쏟아질 듯

여치

─자화상

풀빛 눈동자에 복사꽃이 지고
창백한 서러움이 강물로 흐르면
올 고운
목소리 놓아
밤 깊도록 운다

풀숲에 누워서
별 총총한 하늘 본다
돌아보면 바람 같은 집시의 나날들
어둠을 불사르던 가슴
재가 되어 날린다

물거울에 흔들리는
달, 구름, 별 사이에
헝클어진 내 모습이 떠돌이로 박혀 있다
하늘은
청잣빛 사랑
늘 변함이 없건만,

우리가 한 마리 물고기를 삼켰을 때

인간의 뱃속에
병든 잉어가 누워 있다
그 잉어 뱃속에서
징거미가 울고 있다
징거미 목줄에 걸린
물지렁이 꿈틀댄다

마음의 등불

가늘한 바람에도 늘상 흔들리면서
심지 맑게 젖어 있는 등불 하나 있다
날마다
묵념을 담아
하늘길을 여는,

풀씨 같은 별들이
곱게 싹을 틔워
허허로운 가슴을 푸르게 점령해 올
그 날을
기다리면서
생의 뜰을 밝힌다

좋은 예감

수관을 타고 흐르는 물 흐름이 고운 봄
흰 목 무늬 겨울새 울다 떠난 돌배나무에
연두색 생명 한 잎이 삐죽이 돋아난다

따뜻한 슬픔

누가 열어 놓은 뜨거운 온천순가
가슴에서 솟구치는 따뜻한 눈물줄기
세진에 얼룩진 마음을 개운하게 씻어 준다

울고 싶어도 울지 못하는
눈물 마른 불명조는
슬픔이 얼마만큼 따뜻한지
알고 있다

저 환한 햇빛 속에선
슬픔도 꽃이 됨을,

가을의 경전(經典)

나목 시린 가지
달빛으로 옷을 입혀
먼바다 뵈는 기슭에 등대이고 앉았더니
옛 동무
솔바람으로 와
귀엣말로 밤이 깊다

뜨락에 모인 낙엽
법화경을 외우고
풀벌레 울음소리
숲 가득 넘실댄다
귀 열려 마음 눈뜨니
이 또한 법어(法語)로다

고사리 꺾는 처녀

안개 낀 새벽 산길
풀잎 헤쳐 온 처녀
고운 종아리가 이슬 흠뻑 젖었네
비 온 뒤
참대밭 위로
귀를 내민 죽순처럼

대바구니 소복이 꺾어 담은 고사리 순
부드러운 눈길에
내 마음도 꺾이네
수줍은 미소를 만나
가슴에도 꽃이 피네

낙엽의 길

내 마음 실어 갈 산바람도 고운 바람
저리 푸른 하늘 길에 노자 없이 가는 여행
내딛는 발자국마다 깃털처럼 뜨는구나

높가지에 머물러 화답하던 푸른 날엔
빗줄기에 젖어도 보고 바람결에 설레도 보고
기쁨과 서러움 버무려 꽃으로만 피웠더니

깃발로 펄럭이던 그 열망의 푸르름도
오늘은 청잣빛 하늘로나 게워 두고
날아라 마지막 사념 나 하나로 돌아가,

옥잠화를 보며

양반집 규수 한 분 봄뜰로 나신다
옥비녀 살짝 꽂은 뒤태 고운 낭자머리
담 넘은 산들바람이 옷고름을 당긴다

앞가슴이 열리면서 미동을 할 때마다
폴폴 날리는 살내음에 혼절할 것 같은데
옥잠화, 그 맑은 눈빛이
내 발길을 붙잡네

심술궂은 봄바람이 치마폭을 살짝 걷어
희고 맑은 속살이 환히 드러날 때면
아찔한 현기증으로 한 목숨이 무너진다

제3부 누에에 관한 단상

누에에 관한 단상

누이 함께 뽕 따러 간
늦여름 날 해거름에
저녁하늘 맴돌던
솔새가 생각난다
입술을
흠뻑 적셨던
오디가 생각난다

누에보다 희고 고운 누이의 손가락이
싱싱한 뽕잎 위를 스쳐 지날 때마다
하얗게
스멀거리는
누에인 줄 놀랐었다

조심스레 살았어도 타래타래 엉킨 세월
올 고른 실을 뽑아 명주베를 낳은들
내 누이
시집가던 날

예단 같이야 고울까

따뜻했던 그 겨울

벼 논배미 살얼음에 썰매 지쳐 즐겁던
내 어린 겨울은 바람 불어도 따스했다
방패연
날아간 하늘
푸른 꿈이 맴돌던,

무딘 낫으로 팽이 깎아
한 세상을 세웠을 때
무지개로 살아난 크레온빛 꿈들이
싸늘한
영하의 나날을
따뜻하게 감싸줬다

묘비 앞에서

거친 돌에 새긴 이름
비에 젖고 바람 맞아
희미한 음각을 트고
이끼 푸르렀다
덧없는
세월은 가고
그리움만 숨을 쉰다

살아서 부르던 노래
그 목소리 생생하다
맑은 혼에 실었던 마음
하늘까지 불어 가서
아픔을
부둥켜안고
뒤척이는 푸른 바람

그리움도 이렇듯

배추꽃 흰나비 가슴으로 날아들고
햇살이 날개를 펴 장미순에 와 앉으면
삘기꽃
사랑니 트는 소리에
아지랑이 깨어난다

그리움도 이렇듯 한 순간에 솟아나
햇살처럼, 바람처럼, 꽃잎 트는 소리처럼
내 가슴 깊은 곳에서 촉을 틔워 자란다

소나기

마른 강바닥처럼 금이 진 가슴 속
소장 대장 간장까지 시원하게 씻어 흘러
응혈진 핏줄을 뚫고
달아나는 빗소리

칼칼한 목청으로 칠흑 어둠 쓸어 내고
논배미 흥건하게 찰랑대던 슬픔
드디어
둑을 넘어서
안 가슴을 차고 든다

모내기

비록 좁은 모판에서 꿈을 틔워 자랐지만
이 남루 모두 벗고 포기 포기 몸을 세워
온 들을
푸르게 적실
희망으로 넘친다

철철이 다진 의지
알알이 영글리라는
고운 꿈에 줄을 띄워
고르게도 심어 간다
어느 날
금관을 쓰고
겸허히 서리라며,

모자이크

나뒹굴던 아픔들을 한 자락에 품는다
흩어진 바램들을 하나로 엮어 간다
수많은
조각이 모여
피워 낸 꽃 한 송이

무욕의 바탕 위에 깨어진 진실 이어
차츰 밝아오는 마음 속 세선 하나
상처진
꿈들이 모여
이루어 낸 푸른 길

거룩한 성자

버림받은 것들을 받아 주는 쓰레기통
짓밟히고 나뒹굴던 아픔 하나 하나
눈물로 어룽진 삶을
품에 안고 침묵한다

언제나 있어야 할 곳 가까이 다가앉아
더러움을 쓸어 담고 뚜껑을 덮는다
상처진 쪼가리들을
끌어안고 아파한다

을숙도 해돋이

뜨거운 손이 있다
수평선에 꽃불 지핀,

아프다
그물에 걸려 파닥이는 고기비늘
물새도 눈이 멀어서
섬 기슭을 떠돈다

해 돋는 바닷가를 맨발로 걷는다
온 하늘 온 바다가 뜨겁게 달아올라
마음도
화목(火木)이 되어
타오르는 불이다.

그 유기범은 누굴까

아직도 살아 있다는 그 사실이 신기하다
한낮 큰길 모퉁이서 신음하고 있는
내장이 쏟아져 나온
텔레비전 한 대

고향 여름

하늘가 빈들에는 하얀 산양 몇 마리
백일홍 눈망울엔 꽃구름이 머물고
잎 푸른
느티나무에
그리움이 살랑대는,

당산 그늘에다 지게 받쳐 놓아두고
매미 소리 함께 멱을 감던 맑은 시내
부서져
백옥이 되던
그 여름이 그립다.

망향의 언덕에서

이마를 짚고 가는 늦가을 산바람이
멀고도 아득한 북향 길을 열어 뵌다
저 언덕
푸른 꿈자리
그 언제나 안겨 볼까

저 금기의 북녘 땅을 고개 들고 뻗어 가는
반세기도 더 묵은 칡넝쿨을 보는가
철조망
가시울타리
타고 넘는 그리움을,

눈가에 푸른 열매 금빛으로 열리는 날
동토도 문을 열고 뜨락에 닿으리니
아직은
따스한 그 손
만져 볼 수 있으려나

경덕정에서

두문동 들앉아서 불출(不出)을 선언하니
수목이 푸르거든 마음 또한 안 푸르랴
백학이 나래 편 곳에
가슴 씻는 개울소리

모랫골 솔숲에 걸려 오도 가도 못하는 구름
부귀 명예도 저만치 부운과 같도다
내 생애
곧고 푸름만
한 가슴에 실으리라

꽃상여

북망도 구비 구비 이 산길 같다던가
꽃상여 개울 건너 갈바윗골 지나가네
띠 푸른
양지녘으로
하늘길도 훤하여라

명정이 펄럭이면 혼백도 돌아서서
바람에 옷고름 날리며 저만치 울고 가네
어어여 어여이어여
멀고 먼 길 혼자서 가네

앞소리가 부르면 요령도 함께 울어
서러운 곡소리는 구비 구비 강이어라
저승길
험한 길에도
진달래는 피었을까

제4부 뉘우치는 겨울 나무

비 개인 아침

맑은 꿈을 머금고 하루의 문을 연다
손끝마다 푸른 기운 뻗쳐 닿는 숲 속으로
우윳빛
안개 자욱한
새벽길이 놓인다

새푸른 핏기 어린 망과나무 가지 끝
빗방울 하나 하나에 그리움이 눈뜰 때
한 자락
젖은 하늘이
깃발처럼 걸린다

찬찬히 꿰어 보면 어둠 밝혀 빛난 슬픔
후두둑 떨어지는 알알의 첫사랑이
투명한
실로폰소리로
냉가슴을 울린다.

빛의 자녀들

―망월동에 다시 와서

아직도 내 안의 어둠을 못 벗어서
머나먼 남향 길 그대를 찾아왔다
구석진 가슴 한켠에
신선한 빛 그리워서,

어둠 깊은 틈새를 샅샅이 적셔내어
환한 길로 놓인다 그대의 형형한 넋
희미한 눈빛 맑혀서
밝히 길을 틔운다

남도 맑은 물소리
푸른 솔바람소리
얼 깊은 이 고을의 두터운 정 일깨운다
유구한 역사를 꿰어
길이 어둠 밝히는,

목숨으로도 못 미칠
먼 길이 또 있던가

아직도 못다 풀린 한 맺힌 기슭 있어
5 · 18.
푸른 넋들이
솔이 되어 서 있는,

늦은 귀가

가로수 띄엄띄엄 파수 선 밤거리에
잠 못 이룬 신호등은 충혈된 눈 깜박이고
허기진 아스팔트가
눈발에 젖는다

하루살이 모여드는 가로등 골목 어귀
사위는 연탄불에 군밤을 굽는 노파
한 봉지
따뜻한 정을
언 가슴에 안겨 준다

싸락눈은 바람에 날려
이마를 때리는데
아기별 하나가
눈발 속에 깨어 있다
아직도
못다 간 나의 길
저만치 밝혀 주며,

지독한 사랑

살아서는 그대 살에 몸 비빌 수 없어서
바람 세찬 언덕에 넘어진 소나무
불거진
허연 뿌리에
버섯으로 피었다

분수대 앞에서

해와 달의 넋으로도 세상 어둠 못 물리쳐
스스로 몸을 부셔 하늘 높이 솟구치니
투명한 눈물줄기가
비처럼 쏟아지네

가슴속에 억제 못할 애절한 사연들을
하늘 높이 뿜어 올려 무지개로 펴 보이면
행여나
내 마음 알고서
바람으로 거두실까

쉬임 없이 솟구쳐도
못 미치는 갈망의 손
허공만 더듬다가 고꾸라져 숨이 져도
끝없는
사랑을 펼쳐
해맑게 웃음 짓는,

비룡폭포

아찔한 천길 낭하
하늘 닿는 베틀 위에
흰 명주실 한 타래를
날줄로 걸어 두고
내 마음
씨줄이 되어
무지개로 짜인 비단

바람 불어 펄럭이면
초록이 다 묻어서
서늘하게 날 선
장검으로 꽂혀 온다
하늘도
귀를 베어서
피 흘리는 푸른 서슬

노을

새하얀 목화송이 지천으로 펴 있는
저 하늘 벌판에
누가 불을 놓았나
월월월
타는 저 불길
끌 자가 없겠구나

신이 말씀하신다
위엄 갖춘 목소리로
"불타는 이 꽃밭은 내 영광의 계시다
장엄한
이 불길 속에
너의 죄를 던져라."

겨울벌판에서

마른 풀잎 사이로 칼바람이 불고 있다
헐벗은 나무 위에 흔들리는 새집 하나
바람을 부둥켜안고 목 메어 흐느낀다

눈밭에 등을 대고 얼어 죽은 새 한 마리
열린 부리 굳은 혀로 잿빛 하늘을 닦아낸다
들뜬 눈 식은 동자에 어린 별이 뜨는 저녁

곶감을 먹으며

두꺼운 껍질을 쓰고
슬픔으로 테 두른
내 시(詩)의 속살을 벗겨
가을볕에 말리면
떫은맛
죄다 가시어
이리 달고 쫄깃할까

뉘우치는 겨울나무

나무들이 알몸으로 찬비를 맞고 섰다

뼈 시린 기억들을 뿌리 깊이 감아 넣어

내일을 지탱하여 갈 나이테로 새기며,

징벌처럼 몰아치는 비바람을 견디면서

함초롬이 젖은 채 맨발로 서 있다

어제를 뉘우치면서, 검은 죄를 씻으며,

까치밥

감추려 할수록 드러나는 상처같이
잎 진 감나무 시린 가지 끝에
아프게
매달려 우는
성난 종기 하나

그믐밤 어스름타고
수유산을 넘나들던
허기진
까치 한 마리
아껴둔 희망 한 톨
불 밝혀 길을 비친다
하늘길이 환하다.

햇살에 가슴을 씻고

눈 쌓인 산길 같은 지난날의 내 삶에도
표정 없이 돌아앉은 바위 하나 박혀 있다
아파도
울지 못하는
새 한 마리 앉아 있다

외진 곳에 태어나서
비바람에 젖지만
흐리고 안개 낀 날엔
벼랑조차 안 뵈지만
햇살에
가슴을 씻고
웃을 날도 오리라며,

제5부 그리운 폐원(廢院)

반딧불이

잃어버린 내 영혼이 먼 우주를 헤쳐 와
기나긴 그믐밤 절망 속을 날을 때
그 살점 하나 하나가
불인 것을 알았네

따뜻함이 배어 있는 눈물의 별자리
머무르던 풀 섶 사이 작은 꽃잎 하나에도
아프게 가꿔 온 계절이
금물결로 흐른다

어둠을 휘젓고 가던 당당한 네 모습은
가슴 깊은 곳의 화흔(火痕)으로 남아서
뜨거운
빛을 뿜어내
어두운 길 밝힌다

한탄강

무수한 계곡을 몸 부시게 흘러 와서
세상사 다 겪은 듯
넉넉한 표정이다
이승의
구비마다에
새 노래를 심으며,

욕된 나날 건너서
저 피안에 이르면
흰 들꽃 자욱한 그 마을이 보일까
목메어
부르던 이름
그 언덕에 있을까

맨드라미 핀 하늘

노을이 가만 가만 빈 잔을 채워오는
이른 저녁 창가에 하늘 마주 앉으면
자줏빛 어깨 너머로
출렁이는 파도소리

용마(勇馬) 한 필 목을 빼고
먼 하늘을 응시한다
긴 울음 갈기를 세워
고삐 끊고 달아날 듯
적토마
붉은 덜미에
명주하늘이 휘감긴다

슬픔은 줄기를 타고 와

옹이진 상처들은 뿌리 깊이 묻어 두자
비 젖은 어깨를 털고 일어서는 나무처럼
어느 날
꽃으로 피울
넉넉한 마음으로,

언 땅 깊이 뻗어 있던
뿌리 끝은 시리지만
고개 든 가지마다 길을 열고 반기니
슬픔은
줄기를 타고 와
새 생명을 낳는다

기억의 뒤란

비 개인 밤하늘을 새처럼 날면
어둠 속에 화안한 기억의 꽃 피어나
눈물빛
초롱한 날이
종이등을 밝힌다

문 입구에 걸어 둔 그믐달 하나로
긴 밤을 지새우며 무지갯빛 꿈을 꿀 때
동구 밖 느티나무엔
별꽃이 무성했다

잠 못 이룬 대숲바람
뒤척임이 아플 때
이슬 젖은 가슴에 화톳불을 지펴 주던
북극성
따뜻한 눈빛에
어린 꿈이 싹텄다

겨울 아침

성애진 한 세상을 입김 불어 닦다 보면
화려한 날빛이 창안으로 달려와서
어두운 세상을 열고
무지개를 세운다.

화석(化石)

백년도 못 되어 삭아질 육신으로
천년도 못 되어 잊혀질 이름으로
만년을 견디지 못해 흩어질 넋으로 나

부르짖던 자유, 흐느끼던 노래도
자황빛 석층의 틈바귀에 끼어서
녹이 슨 소리의 흔적 비문처럼 새겨 있다

상처를 만져 본다, 떨리는 손끝으로
억만 년 세월이 갇혀 있는 감옥,
견고한 시간의 틀 속에 압정된 침묵을,

나도 언젠가는 돌꽃이 되리라
어떠한 언어로도 어떠한 노래로도
끝끝내 채우지 못할 빈자리로 남으리라

욕망이 부풀수록 생은 더욱 무거워져
모든 것이 공허한 꿈인 걸 보여주기 위하여

눈물빛 차랑한 아픔을 돌 속에 묻으리라

한밤중에 홀로 깨어

바람에 나부끼는 나뭇잎 하나도
엮어 내고 싶은 저만의 뜻이 있어
자꾸만 몸을 뒤채며 잠들지 못한다

시간으로 벽을 쌓고 허물기 수 없어도
마음 앉을 자리 찾지 못해 방황하는
방목의 양떼와 같이 골짜기를 헤맨다

나는 누구인가? 끝없는 그 물음에
녹음에 짐 부리고 밤 새워 경을 읽는
풀벌레 가르침에서 깨달음을 얻는다

그리운 폐원(廢院)

순례의 길가에 폐원 하나 있다
비 젖은 나그네가 잠시 쉬어 가는,
말없이 천년을 견딘 묵언(默言)의 성자 같은,

오래 닫힌 그 문 열고 녹슨 시간 꺼내 본다
삐그덕거리는 틈 사이로 환한 빛살이 새어 들 때
아프게 쏟아져 내린 꿈비늘을 만져 본다

곰소나루에 밤이 오면

발목 빠지는 진흙뻘밭
고된 삶의 물꼬따라
강물 가득 들여놓고
어디 한세상 출렁여나 보자
머리채
풀어헤쳐 놓고
진종일 실컷 울어나 보자

내소사 저녁종소리
달빛 타고 내리면
물새소리 가득 싣고
나루에 닿는 밤배
비릿한 젓갈냄새가
내 공복을 깨운다

칼 가는 할아버지

날마다 마을을 돌며
칼을 갈아 주는 할아버지
며칠 동안 오지 않는다
먼 나라로 가신 걸까
숫돌 빛 하늘 한 자락
까만 녹물에 젖고 있다

살아서 날 세운 칼들이
집집의 도마 위에서
저녁 먹거리를 썰고 다질 때에
칼 가는 할아버지는
굴뚝연기 위에 앉아 계실까?

오늘, 우리들 마음 속
잠든 칼들이 녹슬어
빛난 이빨을 세워 줄
할아버지를 기다린다
질기고 응어리진 것들을

쪼개고 도려내기 위해,

지팡이

모세는 이것으로 뱀이 되게도 하고
반석을 내리쳐서 생수를 쏟아 내고
바다를 둘로 갈라쳐
길을 내기도 하였거니,

우리 어머니 짚고 계신
빛 바랜 지팡이
뱀이 될 수도 없고 생수도 못 쏟지만
노도의 바다를 갈라쳐
길을 내어 가시네

폭설 속에 길을 잃다

몰아치는 눈발 속을 한 사내가 걸어간다
산도 들도 지워지고 하늘길도 지워져
세상은 한 장 화선지
빈 가슴에 놓인다

대설원(大雪原) 어디쯤
있을 듯한 신기루
참 삶의 푯대 하나
찾아 헤매이다
폭설 속
낯선 곳에서
이승의 길을 잃다

목마른 사내는 허기진 걸음으로
무백(無白)의 꿈을 품고 지평선을 넘어선다
마침내
사내마저도
지워지고 없다

그 누가
저— 아득히
빈 세상 꿈밭 위에

일획의 뜻을 새겨 한 풍경을 세우랴
뉘라서
낙관을 들어
이 순결에 놓으랴

그대로 둚이 좋다, 깨어남을 원치 않아
잠든 것은 잠든 대로
오래도록 쉬게 하자
영원히 못 깨어난다 해도
고요로움 그대로,

연꽃과 기억의 우물

홍 기 삼

문학평론가, 동국대 교수

1

이복현의 시는 「따뜻한 슬픔」이라는 시 제목에서도 알수 있듯이 상처를 위로하고 감싸 안는 솔직한 진술을 가장 큰 미덕으로 지니고 있다. 이런 진술은 일면 소박해 보이지만 그 소박한 힘이 세속적인 삶에 지친 독자들의 마음을 편안하게 어루만져 준다는 점에서 오히려 현란한 기교를 능가한다. 슬픔과 격정이 성난 파도처럼 으르렁거리는 그런 시가 아니라는 점에서 그의 시가 내뿜는 정서는 안정적이면서 지나온 삶을 되돌아보는 회고적 성향이 강하다. 그런 회고적 성향은 그의 시 전편에 흐르고 있는데, 아마도 그의 시적 대상의 대부분이 기억의 우물 속에서 어렵게 건져 올린 것이기 때문일 것이다. 그런 점에서 그의 시는 결코 젊은 열정으로 가득 차 있지는 않다. 그저

평범한 삶의 일상 속을 스쳐 가는 아련한 기억 속에서 갑자기 가벼운 전율을 수반하는 어떤 슬픔을 발견할 뿐이다.

젊은이의 '동경'이 아니라, 사라져 버린 세월의 너울 저편에 대한 그리움으로 시를 쓴다는 점에서 이복현은 기억을 소중하게 간직하는 시인이다. 이 점은 그가 가치 있는 것으로 여기는 삶의 모습 또한 어떤 것인지도 어렵지 않게 추측하게 한다. 그것은 현대의 도시적 일상이 아닌 것들, 지금은 사라졌지만 기억 속에서만큼은 더욱더 영롱해지기만 하는 과거의 농경공동체적인 삶의 정서와 훈기라고 할 수 있다. 그리고 아울러 그 당시에는 어렵고 힘들었던 삶, 상처뿐인 삶이었는데도, 지금은 그 상처를 '따뜻한 기억'이라는 공동체적인 삶의 향수와 애환으로 변화시킨 그의 내면적 숙성을 살펴볼 수 있다.

예를 들면 「기억의 숲」과 「채광(採鑛)」이라는 두 작품은 상처를 이겨내는 희망의 이미지와 시인의 의지를 과거와 미래에 각각 투영하고 있는 작품이다. 「채광(採鑛)」에서는 '광부'에 '시인의 자의식' 혹은 삶을 살아가는 인간의 '실존'을 각각 비유하여 죽음에 맞서 꿈과 희망을 찾아가는 모습을 형상화하고 있다. "갱 속 같은 삶의 바닥도/ 쉼 없이 찍어내면/ 어느 날 환하게 솟구칠/ 그 무엇 있으리라/ 금광맥/ 은광맥 같이/ 눈 시리게 빛나는"이라는 2연의 표현에서도 알 수 있듯이 그의 시는 '시와 삶'의 궁극적인 목적을 희망과 꿈의 발견으로 그려 내고 있다. 인간으로서의 한계인 '죽음'과 맞서 "갱 속 같은 삶의 바닥"을 찍어내는 의지적이고 견인주의적인 자세는 그의 세계관이 건강하고 낙관적이라는 것을 보여 준다. 현실에서 미래를 바라보는 그의 시각은 그만큼 긍정적이고 진취적이다. 이 점은 실제로 그가 과거의 기억을 형상화하고 있는 시, 「기억의 숲」에서도 동일하게 발견된다.

1. 그늘
그림자를 먹고 자란 독버섯 한 송이
상처 아문 자리마다 윤이 나는 흉터
내 마음 깊은 곳에서
꽃을 피워 웃고 있다

2. 관솔
살 패인 뼈마디에 흰피톨이 굳어 있다
옹이진 자리마다 고통의 꽃 붉게 폈다
뭉쳐진 체액을 살라
어둔 세상 빛이 되려

—「기억의 숲」 전문

위의 작품에 '그늘'과 '관솔'이라는 소제목이 붙은 까닭은 아마도 이 시의 중심적인 이미지가 그늘을 안고 있는 '삶', 고통을 이겨내는 존재를 형상화하는 데 온전히 바쳐

지고 있기 때문인 듯하다. 실제로 "그림자를 먹고 자란 독버섯", "살 패인 뼈마디에 흰피톨이 굳어 있다/ 옹이진 자리마다 고통의 꽃 붉게 폈다"와 같은 시구절로 시적 자아의 모습을 그려 내고 있는 점은 시인이 '과거' 혹은 '기억'을 상처와 고통으로 떠올리고 있음을 알게 한다. 다시 말하면 고통스러운 과거, 상처뿐인 기억을 지니고 있음에도 불구하고 그것을 이겨내고 "상처 아문 자리마다 윤이 나는 흉터/ 내 마음 깊은 곳에서/ 꽃을 피워 웃고 있다"라고 말함으로써 자신의 '내면적인 성숙과 극기'를 노래하는 것이다. 더 나아가서는 '관솔'이 오히려 자신의 고통으로 "뭉쳐진 체액을 살라 어둔 세상 빛이 되려"한다는 표현에 이르면 이것은 마치 자신의 삶을 인내와 극기를 통한 '보살행'의 길로 파악하는 듯한 인상까지도 풍긴다. 즉 시인은 삶의 고통과 그늘진 상처의 기억은 '내 마음의 꽃'이나 '어둔 세상의 빛'을 위한 일종의 통과의례 또는 필연적인 과정으로 보고 있는 것이다. 심지어는 1연의 '그늘'로부터 '마음의 꽃'을 찾는 것은 한 개인의 내면적인 성숙을 형상화하고 있는 것처럼 생각되고 또 2연의 '관솔'은 삶의 고통을 불태워 세상을 밝히는 대승적인 '보살행'의 실천을 대립시키고 있는 듯 보이기까지 한다. 이 점은 고통과 상처란, 개인에게는 성숙의 약속이고 세상에 대해서는 희망과 빛을 향해 나아가는 희생과 실천의 길이라고 여기는 시인의 '수도자적인 경향'이 표출된 것으로 여겨진다.

이외에도 「빛이 있는 곳으로」에서 새천년을 향한 희망을 노래하는 시인의 목소리와 "눈물도 한 송이 꽃이라면 꽃이지/ 흐린 세상을 맑히는"이라는 「삶의 꽃」의 표현 역시 개인의 성숙과 세계의 희망이라는 대립적 표상의 공존적 동시성을 다루고 있다. 앞에서 말한 미래에 대한 희망은 삶의 아픔이라는 대조적인 정서를 극복한 치유의 능력이며 그 극복의 힘을 미래의 희망과 동일한 범주로 통합하는 시인의 특징을 다시금 확인하게 한다. 결국 시인은 희망과 상처를 하나의 동일한 연속선상에서 바라봄으로써 그의 시적 자세와 세계관을 구성하고 있는 셈이다. 이 점은 실제로 그의 시집 전체를 관통하는 하나의 특징이자 창작원리가 되고 있다. 대립적인 두 차원의 융합을 하나의 시적 창작의 미학으로 앞세우고 있는 것이다.

2

이복현 시인의 두 번째 특징은 공동체적인 정서와 자연 친화적인 사유방식이라고 할 수 있다. 이미 앞에서 간략하게 지적하기는 했지만 희망과 슬픔이 서로 연관성을 맺는 것으로 파악하는 태도가 그의 시적 방법이라 할 수 있는 '기억하기'와 '기억 속에서 삶의 의미를 건져 올리기'에서 연유된 결과라면, 그러한 특징의 근원에는 공동체적인 정서와 내적 성찰의 계기로서의 자연이 반드시 존재하는 것으로 유추할 수 있다. 대립을 넘어서는 조화로운 존재인

자연과 개별성을 넘어서는 화해의 공간인 공동체적 정서
를 기본적인 시적 창조력의 근원으로 삼고 있기 때문에
그의 시에는 대립을 넘어선 상처와 희망의 공존이 가능할
수 있는 것이다.

이런 특징은 이번에 출간되는 그의 시집이 사실은 전통
을 전제로 하는 현대시조집이라는 점, 그리고 자연서정과
자연적 대상이 유난히 많이 등장하며 많은 점에서 관조적
인 성향을 지니고 있다는 점에서도 쉽게 확인된다. 「아파
트 창을 열면」과 같은 작품처럼 도시 공간 안에서도 시인
은 도시의 어두운 밤거리나 네온사인을 바라보기보다는
하늘의 '별과 달'을 응시한다. 이런 태도는 근본적으로 그
의 관심이 우주와 자연 및 사물에 바쳐지고 있음을 알게
한다. 따라서 사람의 삶도 결국은 우주와 자연의 일부로서
존재할 때만 가장 본질적인 의미를 보여준다는 사실을 시
인은 이미 삶의 일상 속에서 터득하고 있는 것이다.

흔히 시의 가치란 삶의 숨겨진 의미를 순간적으로 꿰뚫
어 버리는 번뜩이는 기지의 힘에 있다고 한다. 이복현의
시는 이 점에서 역설적으로 말하면 무딘 칼의 우직함을
지니고 있다. 특별한 기교를 통하지 않고 보이는 대로 말
하는 진솔함의 힘을 그의 시는 보여준다. "지나가던 조각
달이 베란다를 넘어 들고/ 어린 별이 내려와 무릎을 베고
눕네/ 그윽한 눈동자 속에/ 흰 들꽃이 피는 밤"(「아파트 창
을 열면」)이라는 서경적인 장면 묘사는 사실은, 조각달과

어린 별이 화자의 기억 속에 남은 "흰 들꽃이 피는 밤"의 잔상과 만남으로써 비로소 미적 성취를 이룰 수 있었던 것이다. 시인의 기억 속에 남아 있는 자연의 이미지와 모습이 도시 속의 삶을 살고 있는 그로 하여금 인공적 도시가 아닌 하늘과 달과 별에게 저절로 시선을 돌리게끔 만든 것이다. 이러한 점이 바로 공동체적인 정서와 자연 친화적인 삶의 위력을 다시금 실감하게 한다. 시적 자의식이나 의식적인 기교를 사용하지 않는 이복현의 시적 흡입력은 실로 이런 점에 있다고 하겠다. 진지한 정서의 교감 속에서 별과 풀과 꽃과 달이 그윽한 눈동자 속에 깃들 때 아름다움은 이미 우리의 마음 속에 들어와 조용히 자리잡는 것이다.

「곶감을 먹으며」, 「뉘우치는 겨울나무」에는 자연으로부터 배운 이런 그의 시적 정서가 어떤 모습을 취하고 있는지가 잘 나타나 있다. 「곶감을 먹으며」에서 "두꺼운 껍질을 쓰고/ 슬픔으로 테 두른/ 내 시(詩)의 속살을 벗겨/ 가을볕에 말리면/ 떫은맛/ 죄다 가시어/ 이리 달고 쫄깃할까"와 같은 짧은 구절에 담긴 시적 표현의 예리함은 시인의 숨겨진 재능이 비로소 빛나고 있는 지점이 아닌가 하는 생각이 든다. 앞에서 말한 것처럼 "두꺼운 껍질"과 "슬픔으로 테두른" 존재로 자신을 인식하는 시인은 두꺼운 껍질과 슬픔 사이에 어정쩡하게 떫은맛으로 남아 있는 상태, 그런 상태의 시를 자신의 미숙한 시라고 생각한다. 대부분의 시인이 그렇듯이 그 역시 자신의 시를 과정 속에 있는 미완성된 상태로 인식하는 것이다.

그러나 가을볕에 말려 떫은맛이 죄다 가셔 버린 곶감의 쫄깃함을 시적 완성의 한 경지로 비유해 내는 그의 풍부한 정서 환기력과 육화된 이미지는 이미 곶감의 쫄깃함을 어느 정도는 달성하고 있는 것이 아닌가 하고 생각하게 한다. 이 점은 「뉘우치는 겨울나무」에서 나무의 나이테에 시인 자신의 뼈시린 기억을 동일화하고 나이테를 몸 속 깊이 감아 넣듯이 스스로 뉘우치는 자아의 모습을 외부에 투영시키는 형태로 표현된다. 어제를 뉘우침으로써 나이테와 과거와 추억은 몸 속에 더 깊은 흔적을 남기는 법이다. 그리고 몸 속 깊이 새겨진 나이테는 내일을 지탱해 갈 힘이 된다. 과거의 상처가 미래를 지탱하는 힘이 되고 결국은 희망의 증거가 되는 이유가 이 시에서는 이렇게 설명되고 있는 셈이다. 그러므로 뼈아프게 뉘우치지 않은 인생은 깊은 나이테와 같이 소중하고 아릿한 기억을 가질 수는 없는 것이다.

이복현의 시에서 관조적인 자세 혹은 외부와 내면을 동시에 성찰하는 자세가 두드러진 까닭은 실제로 「뉘우치는 겨울나무」에서 살펴본 것처럼 끊임없는 반성과 정진의 태도 때문이라고 생각된다. 구도자적인 태도 혹은 마치 '견성성불'하려는 듯한 진지함이 그의 시 속에서 내면과 외면에 대한 '관조'를 두드러진 특징으로 보이게끔 만든 것이라고 하겠다.

3

　나는 독자가 이 시조집에서 소중하게 취해 가질 만한
아름다움과 시적 성취는 어떤 것인지, 그와 관련된 몇 가
지 문제에 국한해서 간략하게 진술하고자 했다. 한 시인
또는 한 시조집의 취할 만한 점만을 논의해서 우리들이
그것을 공유하기에도 이 짧은 글은 넉넉한 편이 못된다.
하물며 한 시집이 보여주고 있는 결함까지를 상세히 논의
하여서 그 까닭을 밝히고 그 이후의 문제까지를 논의하기
에는 여러 모로 적절한 글의 형식이 못된다. 만약 그런 것
까지 허용되었더라면 그의 시가 지니고 있는 다소의 상투
성과 그의 성실성의 반대편에 지나친 관념성과 염결성의
흔적이 또한 남아 있는 점, 이복현 시인이 말하는 미래와
삶에 대한 희망이 간혹 삶의 구체성과 괴리된다거나 그의
언어 사용이 지나치게 단순하고 소박해서 시적 긴장감이
상실되는 경우가 있다는 점, 시조의 형식적 제약 아래 시
인의 개성이 종속되고 있는 현대시조 일반의 한계를 여전
히 극복하지 못한 점 등에 대한 몇 가지 조언이 가능했으
리라 생각하는 것이다.

이복현 연보

1953년 1월 15일(음 1952. 12. 1.) 전라남도 순천시 별량면 대룡리
에서 태어남.

1980년 수원지방법원에서 공무원생활을 시작, 이후 1996년까지
약 17년 간 수원지방법원, 서울지방법원, 서울고등법원
등 재경 각급 법원에 근무함.

1989년 동국대학교 행정대학원 졸업.

1994년 중앙일보 주최 제14회 중앙시조백일장에서 장원(시제는
'광화문').

1995년 『시조시학』 신인상을 받음. 법원 사무관으로 승진, 서울
고등법원 근무.

1996년 법원 사무관 사직, 같은 해 법무사 사무소를 개소

1997년 고려대학교 법무대학원(의료법) 수료. 장안대학 강사.

1998년 서울대학교 법학연구소(전문분야 법학과정－보험법) 수
료.

1998~1999년 협성대학교 강사.

1999년 재단법인 대산문화재단의 문학인 창작지원 대상자로 선
정되어 창작지원을 받음.

2000년 『시조시학』지 기획·편집·운영위원.